L'Hermenier

Labourot

Eine Weihnachts-geschichte

nach
Charles Dickens

BÄNG! COMICS
EGMONT

1. Auflage 2023

Verlegt durch Egmont Verlagsgesellschaften mbH
Ritterstraße 26, 10969 Berlin
Die französischsprachige Originalausgabe erschien 2022
unter dem Titel Un Chant de Noël

Übersetzung aus dem Französischen: Ulrich Pröfrock
Umschlaggestaltung: Wolfgang Berger
Redaktion: Annica Strehlow

Printed in the EU
ISBN 978-3-7704-0741-5

L'Hermenier

Labourot

Eine Weihnachts-geschichte

nach
Charles Dickens

Bäng! Comics
EGMONT

Kapitel I

UNSERE GESCHICHTE BEGINNT AN HEILIGABEND ...
FROHE WEIHNACHTEN!
FROHE WEIHNACHTEN!

FROHE WEIHNACHTEN!
FROHE WEIHNACHTEN!
HUMBUG!
SCHÖNEN GUTEN TAG, DIE HERRSCHAFTEN!
MEIN HERR, ICH BITTE SIE!
WAS HABT IHR VON DEM ALTEN GRIESGRAM SCROOGE DENN ERWARTET?
BAH!

SHOE REPAIRING
FROHE WEIHNACHTEN ALLERSEITS!
BITTE, EINE KLEINE MÜNZE FÜR EINEN BLINDEN?
BAH! HUMBUG!
SEHT DOCH! SEIT JAHREN SCHON IST SEIN KOMPAGNON TOT UND ER HAT NICHT EINMAL SEIN SCHILD GEÄNDERT.
VON WEGEN! LIEBER HAT ER EHRLICHE LEUTE BETROGEN, ALS AUF SEINE BEERDIGUNG ZU GEHEN. DABEI WAR MARLEY SEIN EINZIGER FREUND ...
Scrooge & Marley
JEDERMANN WEISS, DASS MAN IHM KEIN GELD SCHULDEN DARF ...
WER ES IHM NICHT ZURÜCKZAHLT, GEHT ALL SEINER HABE VERLUSTIG UND SIEHT SICH VERFOLGT, SOLANGE BIS ER AUCH DEN LETZTEN CENT ERSTATTET HAT!
GEIZIG, EGOISTISCH, GRAUSAM ... NUR EINIGE DER WÖRTER, DIE DIESE TRAURIGE GESTALT BESCHREIBEN.

MISTER SCROOGE?
WÄRE ES WOHL MÖGLICH, ETWAS KOHLE IN DEN OFEN ZU GEBEN? ES IST SO SCHRECKLICH KALT ...
WENN IHR DAS TUT, ENTLASSE ICH EUCH AUF DER STELLE!
IST SCHON GUT, MISTER SCROOGE.
MEINE FINGER SIND EH GANZ TAUB VOR LAUTER KÄLTE ...
ICH WÜNSCHE EUCH FRÖHLICHE WEIHNACHTEN, ONKEL!

HUMBUG!
WELCHEN GRUND HÄTTET IHR WOHL, FRÖHLICH ZU SEIN? SCHLIESSLICH SEID IHR ARM GENUG!
WIE SOLLTE ICH ES NICHT SEIN? WAS IST WEIHNACHTEN SCHON ANDERES ALS EINE ZEIT, DA MAN RECHNUNGEN ZAHLT, OHNE GELD ZU HABEN? ZUM TEUFEL …
… MIT DER FROHEN WEIHNACHT!
UND IHR, WELCHEN GRUND HABT IHR, EUCH IN TRÜBSELIGEN ZAHLEN ZU VERGRABEN? SCHLIESSLICH SEID IHR REICH GENUG!
NUN SEID DOCH NICHT SO ÜBELLAUNIG, LIEBER ONKEL.
WENN ES NACH MIR GINGE, MÜSSTE JEDER NARR MIT SEINEM »FRÖHLICHE WEIHNACHTEN« AUF DEN LIPPEN IN SEINEM EIGENEN PUDDING GEKOCHT WERDEN, MIT EINEM STECHPALMENZWEIG IM HERZEN!
ABER ONKEL!
NEFFE … FEIERT IHR WEIHNACHTEN NACH EURER WEISE UND ICH NACH MEINER!
WEIHNACHTEN? ABER IHR FEIERT ES JA GAR NICHT, ONKEL.
DANN LASST ES MICH NICHT FEIERN!
NUN, ICH HABE WEIHNACHTEN IMMER ALS EINE GUTE ZEIT ANGESEHEN!
EINE ZEIT DES WOHLWOLLENS, DER VERGEBUNG UND BARMHERZIGKEIT, DA ALLE EINANDER IHRE HERZEN AUFTUN!
DESHALB, EIN HOCH AUF WEIHNACHTEN!
KLAPP
KLAPP
KLAPP

HUMBUG! UND HÖRE ICH NOCH EINEN EINZIGEN LAUT VON EUCH, CRATCHIT, SO FEIERT IHR WEIHNACHTEN MIT DEM VERLUST EURER STELLE!
SEID NICHT BÖSE, ESST MORGEN MIT UNS.
HUMBUG! GEHT ZUM TEUFEL!
ABER WIESO?
GUTEN ABEND.
ICH VERLANGE NIE ETWAS VON EUCH.
GUTEN ABEND!
KÖNNEN WIR DENN NICHT EINMAL EINE FAMILIE SEIN?
ICH BEDAURE, EUCH SO HARTNÄCKIG ZU FINDEN, ABER MEINE GUTE STIMMUNG BEHALTE ICH BIS ZULETZT.
FRÖHLICHE WEIHNACHTEN ALSO, ONKEL!
GUTEN ABEND!!!
TOCK
TOCK
TOCK

SCROOGE UND MARLEY, GLAUBE ICH?
HABE ICH DAS VERGNÜGEN MIT MISTER SCROOGE ODER MISTER MARLEY ZU SPRECHEN?
MISTER MARLEY STARB HEUT VOR SIEBEN JAHREN.
ZWEIFELLOS WERDET IHR FREIGIEBIG SEIN ZU SEINEM ANGEDENKEN.
AN DIESEM FESTLICHSTEN TAGE DES JAHRES, MISTER SCROOGE, IST ES UNERLÄSSLICH, MITTEL AUFZUBRINGEN FÜR DIE ARMEN, DIE SEHR UNTER DER KÄLTE LEIDEN.
TAUSENDEN FEHLT AUCH DAS ALLERNOTWENDIGSTE.
GIBT ES FÜR DIE KEINE GEFÄNGNISSE?
WIE MEINEN? LIEBER WÜRDEN DIESE ARMEN LEUTE STERBEN!
WENN SIE LIEBER STERBEN, WÄRE ES GUT, SIE TÄTEN ES, UND MINDERTEN SO DIE ÜBERFLÜSSIGE BEVÖLKERUNG!
NUN, GUTEN ABEND, MEINE HERREN.
UND DU, HAU AB!
»FROHE WEIHNACHT, GUTER MANN, AUF DASS EUCH NICHTS BETRÜBEN KANN.«
?!
BLAM!
VERSCHWINDET!

DING DONG DING DONG ———... DING DONG DING DOOOONG!
OB ICH WOHL HEIMGEHEN DÜRFTE?
IHR WOLLT MORGEN DEN GANZEN TAG FREI HABEN, VERMUTE ICH?
WENN ES EUCH RECHT WÄRE.
NEIN, ES IST MIR DURCHAUS NICHT RECHT!
ABER ... WEIHNACHTEN IST DOCH NUR EINMAL IM JAHR.
HUMBUG! ENTSCHÄDIGT MICH WENIGSTENS, INDEM IHR ÜBERMORGEN UMSO FRÜHER KOMMT UND DOPPELT ARBEITET.
VER... VERSPRO-CHEN, MISTER SCROOGE ...
GRBLBLBL ... HUMBUG!
ER WILL MORGEN NICHT ARBEITEN KOMMEN ...
... UND DOCH BEZAHLT WERDEN FÜR EINEN TAG FAULENZEN!
WEIHNACHTEN IST HUMBUG!

HUMBUG!
HIIIIIIII!
EBENEZER
?!
EBENEZER
EBENEZER
SCROOGE
BAH! BAH!
NUN BEKOMME ICH SCHON HIRNGESPINSTE ...

HUMBUG!
ICH MAG ES NICHT GLAUBEN.
MMGNNH ...
HUMBUG ...
MGNH ...
CLING CLING

WER SEID IHR?
ZU LEBZEITEN WAR ICH EUER KOMPAGNON, JACOB MARLEY.
IHR GLAUBT NICHT AN MICH?
NEIN, IHR SEID NICHTS ALS EINE ERSCHEINUNG!
HUMBUG, SAGE ICH NUR ... HUMBUG!
RAAAAAAA

GNADE! GNADE! WESHALB VERFOLGST DU MICH?
GLAUBST DU NUN AN MICH, EBENEZER SCROOGE, ODER NICHT?
ICH TU'S, DOCH WIESO SUCHST DU MICH HEIM?
HÖR MICH AN, MEINE ZEIT IST BALD VERFLOSSEN ...
HEUTE NACHT KOMME ICH HIERHER, UM DICH ZU WARNEN, DA DU NOCH DIE MÖGLICHKEIT HAST, MEINEM SCHICKSAL ZU ENTGEHEN, EBENEZER.
WARUM BIST DU GEFESSELT?
ICH TRAGE DIE KETTE, DIE ICH WÄHREND MEINES LEBENS GESCHMIEDET HABE. ICH SCHMIEDETE SIE GLIED FÜR GLIED UND ELLE FÜR ELLE.
WISSE, EBENEZER, DEINE KETTE IST BEREITS WEIT LÄNGER ALS DIE MEINE.
ABER DU WARST IMMER EIN AUSGEZEICHNETER GESCHÄFTSMANN, JACOB!
BLONG!
GESCHÄFTE? MENSCHLICHKEIT HÄTTE MEIN GESCHÄFT SEIN SOLLEN, BARMHERZIGKEIT, VERSÖHNLICHKEIT UND LIEBE! ...
DREI GEISTER WERDEN ZU DIR KOMMEN. ERWARTE DEN ERSTEN MORGEN FRÜH, WENN DIE GLOCKE EINS SCHLÄGT.
ERWARTE DEN ZWEITEN IN DER NÄCHSTEN, DEN DRITTEN IN DER DARAUFFOLGENDEN NACHT, WENN DER LETZTE SCHLAG DER MITTERNACHT VERKLUNGEN IST.
DU SIEHST MICH NICHT WIEDER, DOCH BEHALTE DIE ERINNERUNG AN DIE LAST MEINER KETTEN IM SINN!

HUMBUG ...

Kapitel 2

DONG DONG DONG DONG DONG DONG DONG DONG DONG DONG DONG DONG
WIE SPÄT IST ES?
MITTERNACHT? UNMÖGLICH!
ICH KANN NICHT DEN GANZEN TAG UND DIE HALBE NÄCHSTE NACHT GESCHLAFEN HABEN.
MARLEY ... JA, ICH ERINNERE MICH ...
WELCH SELTSAMER TRAUM ...
HUMBUG!
HUMBUG!
HUMBUG!
DONG
SO, ES IST EIN UHR!
ICH HATTE RECHT! ALL DAS IST NICHTS ALS HUMBUG!
?!
GUTE GÜTE!
WER SEID IHR?

ICH BIN DER GEIST DER VERGANGENEN WEIHNACHT.
KOMM ...
STEH AUF! GEHEN WIR EIN STÜCK ...
GÜTIGER HIMMEL! HIER LEBTE ICH IN MEINER KINDHEIT!
ERINNERST DU DICH DES WEGES?
MIT VERBUNDENEN AUGEN FÄNDE ICH MICH ZURECHT.
DIES HIER IST DIE SCHULE, DIE ICH BESUCHTE ...

DAS BIN ICH!
GANZ JUNG SCHON GAB MEIN VATER MICH IN PENSION, DENN IHM FEHLTE DIE ZEIT, SICH UM MICH ZU KÜMMERN.
EBENEZER SCROOGE, DER EINZIGE SCHÜLER, DER NIE NACH HAUSE FÄHRT ...
... NICHT EINMAL AN WEIHNACHTEN.
DER PAPAGEI! ICH ERKENNE IHN WIEDER!
BÜCHER WAREN MEINE EINZIGE ZUFLUCHT.
DAMALS HATTE ICH NICHTS ALS MEINE VORSTELLUNGSKRAFT, UM MEINE TAGE AUSZUFÜLLEN.
FROHE WEIHNACHT, GUTE WELT! EIN JEDES HERZ VOR LIEBE SCHWELLT!
JETZT IST ES ZU SPÄT.
WAS IST?
NICHTS, NICHTS.
ICH DACHTE AN EIN KIND, DAS GESTERN VOR MEINER TÜRE SANG ...
ICH WÜNSCHTE, ICH HÄTTE IHM ETWAS GEGEBEN.
WEITER NICHTS.
SEHEN WIR EIN ANDERES WEIHNACHTSFEST.

ES IST EINIGE JAHRE SPÄTER ... EINE HERRLICHE ERINNERUNG ...
LIEBER BRUDER!
LIEBER BRUDER!
ICH KOMME, UM DICH MIT NACH HAUSE ZU HOLEN!
NACH HAUSE?
JA, NACH HAUSE, FÜR IMMER.
PAPA HAT SICH GEÄNDERT, ER IST GAR NICHT MEHR WIE FRÜHER!
ER HAT BESCHLOSSEN, NICHT MEHR ZU ARBEITEN, UND ZU HAUSE IST ES WIE IM PARADIES!
GESTERN, ALS ICH ZU BETT GING, SPRACH ER SO FREUNDLICH MIT MIR, DASS ICH MICH NICHT FÜRCHTETE, NOCH EINMAL ZU FRAGEN, OB DU NICHT NACH HAUSE KOMMEN DÜRFTEST.
UND ER SAGTE JA UND SCHICKTE MICH IM WAGEN HER, UM DICH ZU HOLEN. UND DU SOLLST NICHT MEHR HIERHER ZURÜCKKEHREN; UND WIR WERDEN ALLE WEIHNACHTSFESTE FRÖHLICH ZUSAMMEN FEIERN!
MEINE SCHWESTER HATTE EIN GROSSES HERZ.
EIN JAMMER, DASS SIE STARB, NACHDEM SIE DEINEN NEFFEN GEBOREN HATTE ...
MEIN NEFFE ...

HIER HATTE ICH MEINE ERSTE STELLE!
FEZZIWIGS
DAS IST DER ALTE FEZZIWIG!
DING DING DING DING DING DING DING
HALLO, MEINE BURSCHEN!
FEIERABEND FÜR HEUTE. ES IST WEIHNACHTEN!
SCHNELL, SCHLIESSEN WIR AB!
BEEIL DICH, SCROOGE, MEIN JUNGE!
SCHAFFEN WIR PLATZ HIER!
ES BRAUCHT NICHT VIEL, UM EIN LÄCHELN HERVORZUZAUBERN.

FEZZIWIG HATTE DIE MACHT, UNS GLÜCKLICH ... UND UNSERE ARBEIT LEICHT ZU MACHEN!
DAS LÄCHELN, DAS ER UNS SCHENKTE, WAR SO GROSS, ALS HÄTTE ES EIN VERMÖGEN GEKOSTET.
WAS HAST DU DENN?
ICH MÖCHTE NUR EBEN JETZT EIN PAAR WORTE MIT MEINEM KOMMIS SPRECHEN. DAS IST ALLES.
ICH BEDAURE, WIR MÜSSEN FORT. ES BLEIBT MIR NICHT MEHR VIEL ZEIT, BIS ICH VERSCHWINDE.

WO SIND WIR?
DU HAST DICH GEÄNDERT! DU DENKST NUR NOCH AN DEINE ARBEIT UND AN GELD.
MÖCHTEST DU ETWA LIEBER IN ARMUT LEBEN?
ICH ERKENNE DICH NICHT MEHR, EBENEZER!
DU HAST ALLES GEOPFERT, WAS DICH EINST AUSMACHTE ...
HUMBUG!
WIR VERLOBTEN UNS, ALS WIR BEIDE ARM, DOCH GLÜCKLICH WAREN, IN ERWARTUNG DES TAGES, DA WIR UNSER LOS WÜRDEN VERBESSERN KÖNNEN.
HUMBUG!
HÄTTEST DU ZWISCHEN MIR UND DEINER ARBEIT ZU WÄHLEN, ICH WEISS, WAS DU TÄTEST!
DESHALB GEBE ICH DIR LIEBER DEINE FREIHEIT ZURÜCK.
GEIST, ZEIG MIR NICHTS MEHR!
BRING MICH NACH HAUSE!
EIN LETZTES NOCH!
NEIN, GNADE!
ZEIG MIR NICHTS MEHR!

CLANK
HEUTE HABE ICH EUREN ALTEN FREUND GESEHEN, SCROOGE.
ICH KAM AN DEM FENSTER SEINES KONTORS VORBEI ...
UND DA DIE LÄDEN NICHT GESCHLOSSEN WAREN, MUSSTE ICH EINFACH HINEINSEHEN.
PAPA!!!
MEINE KINDER!
ES HEISST, SEIN KOMPAGNON SEI TOT. SO IST ER NUN ALSO NOCH EINSAMER GEWORDEN ...
GEIST, BRING MICH FORT VON HIER!

LASS MICH!
BRING MICH NACH HAUSE!
QUÄLE MICH NICHT LÄNGER!
?!
BLOM!
HMMPF
?!

Kapitel 3

DONG!
ES IST EIN UHR!
VON WO WIRD ER KOMMEN?
TICK TACK TICK TACK TICK TACK TICK TACK TICK TACK TICK TACK
VIERTEL NACH EINS UND NOCH IMMER NICHTS ...
TICK TACK TICK!
HMM ...
KÖNNTE ES SEIN, DASS ...
HEREIN!
FÜRCHTE DICH NICHT, MEINE BEKANNTSCHAFT ZU MACHEN, MEIN FREUND!
KLANG

ICH BIN
DER GEIST
DER DIESJÄHRIGEN
WEIHNACHT ...
TRITT
NÄHER ...

WIR SIND ANGEKOMMEN.
TINY TIM, ZU TISCH!
UNS ALLEN EINE FROHE WEIHNACHT!
FÜR JEDEN VON UNS!
WIR SIND BEI BOB CRATCHIT, MEINEM KOMMIS!
SIE HABEN NICHT SEHR VIEL ZU ESSEN ...
ICH ... ICH WUSSTE ALL DIE JAHRE NICHTS VON CRATCHITS FAMILIE. UND SCHON GAR NICHTS VON EINEM KRANKEN SOHN.
WIRD TINY TIM LEBEN, GEIST, SAG ES MIR!
ICH SEHE EINEN LEEREN PLATZ AM FEUER UND EINE KRÜCKE OHNE BESITZER, SORGFÄLTIG AUFBEWAHRT.
WENN SICH NICHTS ÄNDERT, WIRD DAS KIND STERBEN.
ABER WIE DU SO SCHÖN SAGTEST, ES WÜRDE DIE ÜBERFLÜSSIGE BEVÖLKERUNG MINDERN.

HAST DU EIN MENSCHLICHES HERZ UND KEIN STEINERNES, DANN SPRICH NICHT SO!
WILLST DU ENTSCHEIDEN, WER LEBEN SOLL UND WER STERBEN?
AUF MISTER SCROOGE, DEN STIFTER UNSERER MAHLZEIT.
EIN SCHÖNER STIFTER, WAHRLICH!
ES MUSS SCHON WEIHNACHTEN SEIN, DASS MAN AUF DIE GESUNDHEIT EINES SO NIEDERTRÄCHTIGEN, GEIZIGEN, HARTEN UND GEFÜHLLOSEN MENSCHEN WIE SCROOGE TRINKT.
MEIN SCHATZ, NICHT AN WEIHNACHTEN ...
AUS LIEBE ZU DIR WILL ICH AN DIESEM TAG AUF SEINE GESUNDHEIT TRINKEN, NICHT SEINETWEGEN.
ALSO WÜNSCHE ICH IHM EIN LANGES LEBEN, FROHE WEIHNACHT UND EIN GLÜCKLICHES JAHR! DOCH BEZWEIFLE ICH, DASS ER EINMAL GLÜCKLICH SEIN WIRD ...
KOMM WEITER!
SWAP
ICH HÖRE MEINEN NEFFEN!
JA, ER SAGTE, WEIHNACHTEN SEI HUMBUG, UND DAS MEINTE ER AUCH!
ER IST MERKWÜRDIG, DAS IST WAHR, UND NICHT SO ANGENEHM, WIE ER SEIN KÖNNTE ...
ABER ER IST DAS EINZIGE MIR VERBLIEBENE FAMILIEN-MITGLIED ...
LASST UNS ESSEN!

DER MUSS DOCH WOHL SEHR REICH SEIN?
JA, ABER SEIN REICHTUM NÜTZT IHM NICHTS. ER TUT NIEMANDEM GUTES DAMIT, NICHT EINMAL SICH SELBST.
SOLL ER DOCH AUF WEIHNACHTEN SCHIMPFEN, BIS ER STIRBT!
MIR TUT NUR LEID, DASS ER SICH IN DEN KOPF GESETZT HAT, UNS NICHT GENUG ZU MÖGEN, UM UNSERE EINLADUNG ZUM ESSEN ANZUNEHMEN.
DA ER NICHT KOMMT, VERPASST ER EINIGE ANGENEHME AUGENBLICKE, DIE IHM NICHTS SCHADEN WÜRDEN.
ABER ER WIRD DOCH ENDLICH BESSER DAVON DENKEN, WENN ER MICH JEDES JAHR IN GUTER LAUNE SAGEN HÖRT …
»ONKEL SCROOGE, WIE GEHT ES EUCH?«
NUN, NACH ALL DEN SCHÖNEN WORTEN WOLLEN WIR UNS AMÜSIEREN!

DAS ALSO HEISST ES, ZU FEIERN, GEIST? MEIN NEFFE HATTE RECHT. ES VERGNÜGT MICH SEHR, SIE TANZEN, SINGEN UND LACHEN ZU SEHEN.
SPIELEN WIR EIN SPIEL: ICH DENKE AN ETWAS ODER JEMANDEN. STELLT MIR DIE RECHTEN FRAGEN, UM ZU ERRATEN, WAS ODER WER ES IST!
IST ES EIN TIER?
JA.
IST ES EIN WILDES TIER?
JA.
GEHT ES DURCH UNSERE STRASSEN?
JA.
FÜHRT MAN ES AN DER LEINE?
NEIN.
IST ES EIN PFERD?
NEIN.
EIN SCHWEIN?
NEIN.
EIN STIER?
NEIN.

IST ES
EIN BÄR?
ES IST EUER ONKEL
SCRO-O-O-O-OGE!
JA UND NEIN.
DAS STIMMT!
HAHAHAHAHA... HAHAHAHAHAHA HA... HAHAHAHA... HAAHAAA...
NUN, ER HAT UNS VERGNÜGEN
BEREITET UND SO WÄRE ES
UNDANKBAR, NICHT AUF SEINE
GESUNDHEIT ZU TRINKEN.
AUF ONKEL
SCROOGE!
AUF ONKEL
SCROOGE!
DANKE ... MIR
HAT ES FREUDE
GEMACHT.
SNAP

Kapitel 4

DONG DONG DONG DONG DONG DONG DONG DONG DONG DONG DONG DONG
MITTERNACHT, WIR SIND ZURÜCK …
ER IST FORT!
HMM …
BIST DU DER GEIST DER ZUKÜNFTIGEN WEIHNACHT?
WIRST DU MIR DIE DINGE ZEIGEN, DIE NOCH NICHT GESCHEHEN SIND?
WANN IST ER GESTORBEN?
LETZTE NACHT, GLAUBE ICH.
WAS HAT ER MIT SEINEM GELD GEMACHT?
?!
DAVON WEISS ICH NICHTS.
MIR HAT ER ES JEDENFALLS NICHT VERMACHT!

DAS WAR'S ALSO ENDLICH MIT DEM ALTEN KNAUSER ...
SO HEISST ES ...
IM ÜBRIGEN WEISS ICH NIEMANDEN, DER ZU SEINER BEERDIGUNG GEHEN WÜRDE.
WO SIND WIR?
GEIST, VON WEM SPRECHEN SIE?
ES SCHEINT FAST, ALS HÄTTET IHR DREI EUCH HIER VERABREDET ...
ALS ER SEINEN LETZTEN ATEMZUG GETAN HATTE, DA DACHTEN WIR, EIN WENIG NUTZEN KÖNNTEN WIR SCHON DARAUS ZIEHEN ...
IHM ERGING'S NUR, WIE ER'S VERDIENTE ... ZEIGT MIR ALSO, WAS IHR HABT!
HMMM ...
KEINE SCHLECHTE BEUTE!
BLING BLING BLING
HIER, EUER GELD. WER IST DER NÄCHSTE?

SILBERNES BESTECK ...
UND WAS IST DAS HIER?
BETT-GARDINEN!
INTERESSANT ... HIER!
WRFF
BLING
BLOFF
HABT IHR SIE HERUNTERGENOMMEN, ALS ER NOCH DORT LAG?
WARUM AUCH NICHT.
EINE ERKÄLTUNG MUSS ER WOHL KAUM NOCH FÜRCHTEN!
UND DAS HIER IST SEIN HEMD?
ES MIT IHM ZU BEGRABEN WÄR VERSCHWENDUNG!
HA! HA! ER SCHEUCHTE JEDEN VON SICH FORT, SOLANGE ER LEBTE, UM NUN, DA ER TOT IST, UNS ZU NÜTZEN!
ICH VERSTEHE, ICH VERSTEHE.
DAS LOS DIESES MANNES KÖNNTE DAS MEINE SEIN ...

ABER ... IST DIES HIER NICHT MEIN ZIMMER?
DAS HEISST JA DANN, DAS ...
... WAR ICH!
GEIST, DIESER ORT IST SCHRECKLICH!
DIESE LEHRE HIER WERDE ICH NICHT VERGESSEN, GLAUBE MIR!
LASS UNS GEHEN, BITTE!
WENN IRGENDJEMAND IN DER STADT BEI MEINEM TODE ETWAS FÜHLT, SO ZEIG IHN MIR, ICH FLEHE DICH AN!

NUN, SIND DIE NACHRICHTEN GUT, ODER SIND SIE SCHLECHT?
KOF KOF KOF
SCHLECHT.
WIRD ER UNS UNSER HAUS NEHMEN?
NEIN, ES GIBT NOCH HOFFNUNG ...
ALS ICH IHN SPRECHEN WOLLTE, UM UM EINE WOCHE AUFSCHUB ZU BITTEN, DA SAGTE MAN MIR, ER SEI GESTORBEN!
WEISST DU, AUF WEN DIE SCHULD ÜBERGEHEN WIRD?
NEIN, ABER BIS DAHIN HABEN WIR DAS GELD. EINEN EBENSO UNBARMHERZIGEN GLÄUBIGER WIE IHN KANN ES NICHT GEBEN!
HAB ERBARMEN, GEIST! ZEIG MIR EIN ZÄRTLICHES, BEI DIESEM TODESFALL EMPFUNDENES GEFÜHL, ODER MIR WIRD DAS ZIMMER, WELCHES WIR VORHIN VERLASSEN HABEN, FÜR IMMER VOR AUGEN BLEIBEN!

ES IST SPÄT, PAPA IST IMMER NOCH NICHT ZURÜCK.
MEIN TINY TIM ...
PAPA!
DU WARST DORT, NICHT WAHR?
JA. UND ICH HÄTTE GEWÜNSCHT, IHR AUCH. ES HÄTTE EUCH ERFREUT ZU SEHEN, WIE GRÜN DAS GRAS UM SEIN GRAB IST.
ICH VERSPRACH IHM, MORGEN BESUCHEN WIR IHN ALLE GEMEINSAM ...
MEIN LIEBES, LIEBES KIND! MEIN LIEBES, KLEINES KIND!
LASS MICH IN FRIEDEN, GEIST, ICH FLEHE DICH AN!

DER FRIEDHOF?
WESHALB ZEIGST DU MIR DIESES GRAB?
Ebenezer Scrooge

IST DAS ALSO MEIN ENDE?
NEIN, GEIST! OH! NEIN, NEIN!
GEIST, HÖR MICH AN! ICH BIN NICHT MEHR DER, DER ICH EINST WAR!
WARUM MIR ALL DIESE DINGE ZEIGEN, WENN ES KEINE HOFFNUNG MEHR GIBT FÜR MICH?
ERBARMEN, LASS MICH MEIN LEBEN ÄNDERN UND SO AUCH DIE BILDER, DIE DU MIR GEZEIGT HAST!
LASS IHN LEBEN, DEN KLEINEN TINY TIM! DEN BEDÜRFTIGSTEN WILL ICH ZU EINEM BESSEREN LEBEN VERHELFEN!

DIE WEIHNACHT WILL ICH EHREN, VOM GRUNDE MEINES HERZENS, UND IHREN GEIST DAS GANZE JAHR HINDURCH BEWAHREN!
DIE DREI GEISTER SOLLEN IN MIR LEBENDIG SEIN, DENN IHRE LEHREN WILL ICH NIE VERGESSEN!
ZU HILFE!

Kapitel 5

?!
DONG DONG DONG DONG DONG DONG DONG DONG DONG DONG
HE, ABER?!
MEINE BETTGARDINEN, SIE SIND NOCH DA!
ICH WILL IN DER VERGANGENHEIT LEBEN, IN DER GEGENWART UND ...
PUFF
... DER ZUKUNFT
OH, JACOB MARLEY! ES WAR MIR EINE LEHRE!
WAS IST DENN HEUTE FÜR EIN TAG, MEIN JUNGE?
HEUTE?
NA, ES IST DER WEIHNACHTSTAG!
DER WEIHNACHTSTAG? ICH HABE IHN ALSO NICHT VERSÄUMT!

DIE GEISTER HABEN MIR ALLES IN NUR EINER NACHT GEZEIGT!
GEWISS, SIE VERMÖGEN ALLES SO, WIE SIE ES WOLLEN!
WELCH HERRLICHER TAG!
DICH WERD ICH LIEBEN, SOLANG ICH LEBE!
SAG EINMAL, FEHLT IHM DENN NICHT ETWAS, EUREM SCHNEEMANN?
SO IST'S BESSER!
FROHE WEIHNACHT, KINDER!

FROHE WEIHNACHT!
AUCH EUCH, FROHE WEIHNACHT!
?!
DIESER TRUTHAHN IST ZWEIMAL SO GROSS WIE TINY TIM!
CITY DRUG STORE
BLING BLING
ICH WERDE IHN BOB CRATCHIT FÜR DAS WEIHNACHTSESSEN BRINGEN LASSEN, OHNE DASS ER WEISS, WER IHN SCHICKT.

FROHE WEIHNACHTEN, WERTE HERREN! WIE BEFINDET IHR EUCH?
MISTER SCROOGE?
JA, DAS IST MEIN NAME. UND ICH FÜRCHTE, ER IST EUCH NICHT ANGENEHM. ERLAUBT MIR, EUCH UM VERZEIHUNG ZU BITTEN.
WÜRDET IHR DIE GÜTE HABEN …
…
WIE?! MEIN LIEBER MISTER SCROOGE, IST DAS EUER ERNST?
ICH HOLE NUR DIE RÜCKSTÄNDE ALL DER JAHRE AUF, DA ICH ETWAS HÄTTE GEBEN SOLLEN …
SUCHT MICH ALSO MORGEN AUF!
IHR WERDET DOCH KOMMEN, NICHT WAHR?
MIT VERGNÜGEN, MEIN HERR!
DANKE! ICH BIN EUCH AUSSER-ORDENTLICH VERBUNDEN!
FROHE WEIHNACHT!
?!
FROHE WEIHNACHT FÜR EUCH!
BLING
BLING
BLING

NUR MUT, MEIN ALTER SCROOGE!
TOCK TOCK TOCK
FROHE WEIHNACHT, FRED!
ICH KOMME ZUM ESSEN, WENN IHR MICH NOCH WOLLT. DARF ICH HEREIN?
ABER GEWISS DOCH, ONKEL!
FROHE WEIHNACHT EUCH ALLEN!

ANDERNTAGS ...
BING BING
Scrooge & Marley London
VER... VERZEIHUNG, MISTER SCROOGE ...
ICH BIN ...
ZU SPÄT, JA. ICH SEH'S! KOMMEN SIE GEFÄLLIGST EINMAL HER.
ES IST DAS ERSTE MAL GESCHEHEN UND ES WIRD NIE WIEDER VORKOMMEN! ICH WAR GESTERN EIN WENIG VERGNÜGT, MEIN HERR.
NUN GUT, DOCH SOLL DIES VORKOMMNIS NICHT OHNE FOLGEN BLEIBEN ...
UND DAHER WILL ICH EUER GEHALT ERHÖHEN!
ABER ...
FROHE WEIHNACHT, BOB!
UND ICH VERSPRECHE, EURER FAMILIE ZU HELFEN!
GEHT RASCH KOHLEN HOLEN, LASST UNS ALL DAS AM FEUER BEI EINEM GLAS WEIHNACHTSPUNSCH BESPRECHEN, BOB!
ICH GEHE GLEICH, ICH EILE, MISTER SCROOGE!

SCROOGE WAR BESSER ALS SEIN WORT. ER TAT NICHT NUR ALLES, WAS ER VERSPROCHEN HATTE, SONDERN MEHR, VIEL MEHR.
ER WURDE EIN GROSSMÜTIGER MANN, VERSTÄNDNISVOLL UND GÜTIG GEGEN ALLE.
DIESE VERÄNDERUNGEN WURDEN ZUM GESPRÄCH, UND MANCHE LACHTEN ÜBER IHN.
ES KÜMMERTE IHN WENIG!
UND FÜR TINY TIM, DER NICHT STARB, WURDE ER WIE EIN ZWEITER VATER.
SCROOGE HATTE KEINEN WEITEREN UMGANG MIT GEISTERN, DOCH VIEL MEHR DAS GANZE JAHR HINDURCH MIT MENSCHEN, UM RECHT VORBEREITET ZU SEIN, WEIHNACHTEN MIT DER FAMILIE UND UNTER FREUNDEN ZU FEIERN.
MÖGE DIES AUCH IN WAHRHEIT VON UNS ALLEN GESAGT WERDEN KÖNNEN ...
EINEM JEDEN VON UNS EINE FROHE WEIHNACHT!

Ende

L'Hermenier Labourot

Der Autor

Name und Vorname : Charles Dickens
Staatsangehörigkeit : Englisch
Geboren : am 7. Februar 1812 in Portsmouth
Gestorben : Am 9. Juni 1870 in Higham

Charles Dickens war ein englischer Autor und Journalist, der als der bedeutendste Romanschriftsteller seiner Zeit angesehen wird. Schon von seinen ersten Veröffentlichungen an erlebte er großen Erfolg.

Seine Kindheit war geprägt von den finanziellen Problemen seiner Familie. Als Charles 12 Jahre alt war, wurde sein Vater wegen seiner hohen Schulden ins Gefängnis geworfen wohin Charles Mutter und seine jüngeren Geschwister ihm folgten – was zur damaligen Zeit so üblich war.. Um den Unterhalt für seine Familie zu verdienen, arbeitete Chalres mit andern Kindern in einer Lagerhalle und in einer Fabrik für Schuhpolitur...

Die Schule konnte er wegen diesen Tätigkeiten nicht mehr regelmäßig besuchen. Seine umfassende Bildung verdankt er vor allem seinem eigenen Studium. In seine Erzählungen fließen die Erfahrungen seiner Kindheit maßgeblich ein, und so sind Hunger und Armut stets wiederkehrende Themen in seinem Werk.

Charles Dickens war ein glühender Verfechter von Kinderrechten, der Bildung für alle, von Frauenrechten und zahlreichen weiteren Anliegen.

Die 1843 veröffentlichte Weihnachtsgeschichte hatte umgehend internationalen Erfolg.

Eine Weihnachtsgeschichte, *Oliver Twist* und David *Copperfield* gehören zu seinen wichtigsten Werken.

NORDLICHT
LESESTOFF FÜR DIE KALTE JAHRESZEIT
Walt Disney, Jane Austin
Stolz und Vorurteil
€ 14,99 (D)
ISBN: 978-3-7704-0744-6
Walt Disney, Jules Verne
20.000 Meilen unter dem Meer
€ 14,99 (D)
ISBN: 978-3-7704-0745-3
Walt Disney, Louisa May Alcott
Little Women
€ 14,99 (D)
ISBN: 978-3-7704-0743-9
Walt Disney
Gaukeley – Das Buch der Verdammnis
€ 14,99 (D)
ISBN: 978-3-7704-0730-9
Malin Falch
Nordlicht
Band 2: Das Orakel
€ 17,99 (D)
ISBN: 978-3-7704-0753-8
Band 1: Im Tal der Trolle
ISBN: 978-3-7704-0716-3
EGMONT
www.egmont-baeng.de
@egmont_baeng